歌集 柿生坂

岩田 正

Kakiozaka
Iwata Tadashi

角川書店

目次

Ⅰ（二〇一一年九月〜二〇一二年）

Ⅱ（二〇一三年）

Ⅴ（二〇一六年）

Ⅵ（二〇一七年）

装幀　片岡忠彦

歌集

柿生坂

岩田　正

I

（二〇一一年九月～二〇一二年）

熱

雨あとのみどり影濃き公園に野球少年のあぐる声する

列車にてくるまにて見る景よりも眼凝らし老いてみる景ふかし

前に立つ美人に席を譲らむとしてやむわれはああ老人だ

死のポーズとりては子の頃遊びたり老いてはポーズといへどゆゆしき

熱中症だけぢやすまないわが皮膚は地球滅亡の熱さ感じる

よぎるとき君はかならず手を合はす神社に小さき祠にすらも

骨と皮ありて肉なし皺と染みありて艶なしわれ八十七

俗塵にまみるるなぞと殊更にうそぶきて夏の柿生坂降る

音つよくくるま過ぎゆく労働は神聖ならず健康ならず

再会《サイチエン》といふ意を胸に秘めて友に再会といふ会はずともよし

老いて病む人の見る掌をわれもみるてのひら見るはわれを見ること

スカーレット・オハラは棉畑駈けゆけり歩道駈けゆく今の少女は

乙女らはどつと笑へりこんなにも明るき世かと涙にじめり

谷中墓地

土に伏し墓に耳あてうつし身はあの世の悲嘆きかむとぞする

死と霊と暗さのみつる谷中墓地生きて徘徊するはわれのみ

墓場とはムソルグスキーのカタコンブ不気味に鳴れりはげ山の一夜

鬱蒼と木立吹く風谷中墓地あの世吹く風この世去る風

人は去り音消えここは谷中墓地死者とわれ黙し風の音きく

腕くみて座椅子にふかく背を預く老いの悲しき思案それまで

見つめあふことは男女にしくはなし犬猫相手はこそばかりけむ

われは愛す勝者・敗者のわかちなく礼して別る剣道・相撲

ハイヒールひびかせ少女坂くだる大地震以後違和感をもつ

タイマーを入れたる時計耳もとで時を刻めばにはかに急かる

天たかく振りあげ大地にふり下す桴《ばち》に鼓は鳴るわがいのち鳴る

和太鼓の乱打ぞたのし成田不動お礼のついでにお参りをする

和太鼓の乱打ぞたのしわが腸《わた》も心もちぎれんばかりにぞ打つ

墓場の春

墓ひとつひとつに春の風吹けばご先祖様より年は明けゆく

睡魔は死魔風呂に溺れし幼日の泡美《は》しかりしまどろみの中

頭《づ》を垂れてたそがれの墓地もとほればわれも霊なり清からぬ霊
たれかくる墓石のかげに身をひそめかたへの霊と闇をうかがふ
墓地にくれば深夜の風は陣太鼓墓石は甲冑ふるひたつわれ

墓地に吹く地・空・樹々の風なべてこゑにならざる死者達のこゑ

ブラームスの「独逸レクイエム」なほ明るし津波で死にし友を思へば

さぶちやんもとしちやんもゐる谷中墓地広しここにて草野球せむ

スフィンクスの謎は這ひ這ひ・立ち・杖と人間長寿の幸せ嘉《よみ》す

大き袋全財産のごと抱へ坂上りゆく瘦せぎすの老い

ナースコール

外は豪雨雷鳴窓に激しくてナースコールのやまぬ夜なり

明るくて悲劇・悲痛を埋蔵し病院のかかふる闇とは何ぞ

閑散とした病院の冬日中ナースらはみなもの記しをり

病むわれは看護師の言ふままにして言ふがままなる人生やよし

頭《づ》を病みて倒れて七日かくわれは倒れて立てぬ時はくるべし

ナース呼ぶ深夜のこゑは鐘の音カランコロンとさびしかりけり

若き医師三人チーム・ワークよくわが頭《づ》の悪血除きてくれぬ

わが戒律われのみのものたとふれば正月以外餅は食はぬと

カーテンにうつりし雀のかげ消えて師走の庭の倦怠はくる

りんごの国北の津軽よ好きなりし太宰を生んだ雪の津軽よ

ひとはみな心に墓標抱ふるとふるき諺辞典にありや

宮柊二の祝賀の会にシャツのまま出でしは二人玉城《たまき》徹と岩田《いわた》正

ほかでもないいい歌作《な》せば人は寄り悪しきを作せば人はさかれる

夏へ

瘦せし川橋に俯瞰すこれがむかし坂東太郎と呼ばれし大河

狐コン鳩はデデポポむかしより鳥獣救ひを求め鳴くにや

瞑想は古人の知恵か頭《づ》に充ちて渦巻く想ひ眼つぶりて消す

使ひ捨て雑金属とふ語はやめよ鍋・釜に人は世話になりしぞ

眠れねばこぶし握りて大の字となりてぞ眠るわれや雄々しき

トンネルに入る汽車森にかへる鳥ビルの谷ゆくわが背なあはれ

迷ふだけ迷へ彷徨《さまよ》へ絶望に至る夢なり迷へかしこく

顔・呼吸わづらはしくて眼をつぶる眠るにあらず夜の車内に

戦後より栄養はるかまされるに車内にむかしながらよろめく

山と積むティッシュむりやり人の手にわたせばバイトの冬の日は暮る

うつぼつと街ゆく更に怒りゆくホームレス　ポン引きに罪はなけれど

危機空に及ぶか暁《あけ》の空気裂き一筋鴨のこゑは走れり

きそ鴨らみなとび去りて麻生川もはら淋しき春となりたり

寝むと本置けば風呂場に妻が水流す音こそかそかなりけれ

川の鯉生れて死ぬるまで間なく尾鰭うごかし水にさからふ

水たまり草地埋められ石敷かれ散歩には悪し道の文化は

股の間に悴んでゐるわれがゐるむかしは太く垂れゐしものを

ぼんやりとしてゐたしばしはつとしてわれに戻れどぼんやり恋し

視力落ちて文庫本など読めねども日々言訳のごと持ちあるく

軌道

座右の書『ギリシア神話』をもち歩く栞はいつも同じページに

北への支援遅々たりわれの所作のろし国家もわれもともに老いたり

転倒は特技のひとつ生命にかかはらざればまた転びたり

気がつけば米機の音す気づかざる日々は米機の音溢れゐむ

妻が父を詠みしをみれば男とは無様な生をさらすものかな

小田急線事故と気軽にまた言へど軌道にひとつのいのち消えたり

薊の枝切りて花瓶に挿し替ふる執念き花のいのちをぞ知る

夏の日

椅子より眼あぐれば隣家の屋根が見えゆく雲が見え窓に人見ゆ

心病むゆゑに無罪とまたも言ふ殺しし人はかくてながらふ

われの手をひきて線路を歩む母かげろふゆるる遠き夏の日

火の番の鳴らす拍子木消防車帰途鳴らす鐘いづれさびしき

手一杯の仕事かかふると言ふなかれそれ精一杯の両手ひろげよ

座敷わらしみしみし廊下の床を踏み存在われにアッピールする

夏なれば疎水を遡行する鯉も木の蔭をえらび苔にしづまる

病める友失意の友をいかんせむ贖罪の思ひ日々にふかまる

母鴨は可愛い七つの子を連れて川面遡行す侵しがたきぞ

不甲斐なき盛夏の蚊なり手にたかり待てども血を吸ふ元気すらなし

病ひ一つもちて安堵す人並の老いとは言はむわれ八十代

修廣寺のきざはし百三十段踏みゆくを老いの眼目とする

竹

寄りそひてかたみに肌をふれあはぬ正真正銘竹孤独なり

竹の根のいのち競ひてせりあがり天に春雷となり炸裂す

竹は木にあらず木よりも直《すぐ》にして葉群そよげば天にひびけり

竹好きの直立好きわれ遠き日の軍国少年いな武道少年

竹の肌に青き木洩れ陽さす夕べ群れてやさしき一団となる

竹の魂《たま》いづこにありや地にふかく張る根か空をさす枝先か

竹踏みを朝夕百回する身なり老いても竹好き竹の世話となる

蕎麦

ひしめきて餌に群れ寄る鯉みれば濁れる麻生川も生きたり

これぞ夏の景といへるはくつきりと明暗きはだつことにありける

ひたすらをわれは愛せり講義するわれをまじまじみつめる少女

むらむらと湧きくる怒り抑へたり老いを知りたるわれの身のほど

江戸時代おいてけ堀のおいてけはおれおれ詐欺の原点ならむ

足弱き歩行おそきを思慮ふかくなりしとうそぶきわれをなだむる

ひっそりと一人の夕餉心弾む今宵は音たて蕎麦をすすれり

カリント

朝あつと気づきぬ起きてすぐ立てぬよはひかつひにわれに来にけり

カリントは口に音する腹空けば腹に音する憎からなくに

翔びながら払暁を鋭《と》く鳴くからすこの不安はたわれの不安ぞ

いつしかに陽ざし濃くなりひとつ鳴くみんみん蟬のこゑもとぎるる

陽が沈むとはかかるべし悲惨なる十字架を消すゴルゴダの丘

溺れたし平和の　愛の　性の海に若きより思ひ老いに至れり

キリストはいのちと愛にかがやけどわれは日本の神話求むる

水族

いつも食べてごめんね今日は挨拶に鯖・鰺・平目・蛸こんにちは

見られてる見てゐる水族・陸族の硝子へだててくらきアクアリウム

芸見せて媚びるイルカやもの憂げに人なきごとくうかぶ海亀

水槽は孤独の世界大きなる深海魚わが前をよぎれり

さまざまの魚むきむきに泳ぐさま水族館の夏に心やすまる

誘《おび》かれて水中に入り鮫と肌ふれて泳げばアクアリウムの夢

こはいつの時かところか巨大鱏《えひ》身をくねらせてくらき水槽

水族とむきあふわれにくらき灯はさしてその灯は魚群にもさす

一団の回游魚の群れ消えゆけば潮風ぞ吹く水族館に

アクアリウムは今子らの街犇めきて魚の群れみる子どもらの群れ

砂や藻を巻きあげ巨大アカ鱏はわが前を過ぐド迫力あり

うつぼ食ふ気はおこらねど口みれば指噛まれたるいたみはしる

アクアリウムのひとつの無念壮大に潮吹き上ぐる鯨なきこと

川の水族魚の形す破天荒・百鬼夜行か深海の魚

鰯なぞ問題ぢやねえガチガチと鮫牙剝きて笑ふ子ねらふ

まばたかぬ魚の眼いつも無表情餌食ふときも殺《や》らるるときも

念仏を唱へて竜の落し子は直立す水中に身体浮かせて

大き魚に喰はるる懼れ鰯群れ渦の身よりて円筒つくる

群れなすは弱さのあかし地に雀海に鰯のありて追はるる

魚好きの中島潔の襖絵の鰯泣いてる涙うかべて

嵐空に猛りて水面叩けども海の水族にかかはりはなし

波ひとつなき静かなる海の底阿鼻叫喚の魚族ら群るる

空に水に棲まねばわれら陸族は飛ぶ鳥泳ぐ魚捉へてくらふ

悩む人「脳」なく悩みなき水母羨しみてゆく「クラゲ水族館」

*

わが手ほどき男にハンカチ振つてゐた母は遊園地の楽鳴る中を

江之嶋で手つなぎしはまことごめんわれは三歳母は三十

結婚ししかたなく大人にさせられた母は宝塚《づか》少女《をとめ》にあこがれながら

子のころの遊園地にてききし曲鳴るはずのなき「第三の男」

わが歌

ノートにカバーかくるはたのし一年間われの座右の書となる歌稿

歌書くと買ひおきしノートみつかりぬNo10と記す歌命のびたり

メダル好き世界一好き日本人われはビリでも努力の人好き

一つ鳴くミンミンの声ききながら蟬ごゑすくなき夏と妻言ふ

転びたり三度目なればごまかさず心の弛緩と素直にみとむ

Ⅱ（二〇一三年）

わが夕べ

観音はほほゑんでゐる人間に笑ひなきいま観音よ泣け

中有の人術後の痛み去りて朝呆然とわれは中有の人か

海に山に行きたけれども行けざれば裏のグラウンドで夕陽をながむ

杖つきてあたりをながむ帰りきて杖置きそしておのれをながむ

多くわれこぼし落としぬ勇気・元気老いの土壇場人生こぼす

わが一生《ひとよ》追はるる意識もちて生く老いては追はるる夢追ふわれか

窓にみる隣家の崖のすすきの穂夕べをひとり感傷してゐる

米寿われ部屋でころびぬ卒寿・白寿の長老らよりお叱りを受く

あの野郎声をだすとき覇気があり覇気を捨てれば平和なりけり

ものを書く妻をのこして冷えし床に入れば僻地へ旅立つごとし

こころいそがし

年老いて講座講演みな退けど歌あるかぎり解放感なし

二本足三本となりその一本玄関の傘置きにたてかけておく

北一輝・頭山満と右翼史をたどれば石原慎太郎品位くだれり

朝陽には縁なく裏のグラウンドに沈む陽に惹かるたそがれ人生

選挙ちかし国家主義擡頭朝々のしんぶんおそるおそるひらけり

座敷わらしに久しく会はねばなつかしと思へどかつて会ひしことなし

雀呼ぶために懸命パンの屑あき子はあつめわれは飯干す

いのちもちてこの羽虫らも飛ぶと思へば晩秋の野も活気づきたり

部屋の気配黄なり外の気配青灯消せばこころの色に従ふ

わが矜恃追ひつめらるるせめて杖もたぬがいまのわれの矜恃ぞ

目薬が眼の奥こころの疵や滓洗へば過ぎしことも見ゆるか

わがいのち支ふる厨ねぎかぶら泥つきしまま堂々とせり

書斎出て

わが書斎出でて鉛筆携へて流亡のこころ図書館めぐる

土に人かくはなじめり橋に土敷きてむかしは土橋とぞ呼ぶ

小悪魔といふにはやさし多摩川の鉄橋の蜘蛛網張りつづく

橋桁にゆるる水影鴨の眠りみだして人寝る終電車過ぐ

胸張りて気合を入るる人気者高見盛もつひに幕とづ

寒き部屋蠅がくるつて灯にあたる生きてゐたかよ夏の小虫め

灯油売り携帯《けいたい》電話売りと売りをつけ呼べば風俗古めきてみゆ

むかし

幼なわれ線路に花火しかけては草いきれする土手にひそみぬ

幼なわれ風呂屋で溺れ泡をみる以後死のイメージはわれに泡なり

幼なわれ直立不動覚えては家族写真も直立不動

幼なわれおしくらまんぢゅう皆でしてをみなごの肌柔らかき知る

幼なわれ白粉ぬれば宵宮の若衆に囃さる色男とぞ

幼な目に追羽根は美《は》し姉のつく羽子板の羽子天までのぼる

人を怖ぢ母の背中に隠るるは意気地なしと知る幼なごころに

天津海岸

黒き雲よせて波うつ磯の岩天津《あまつ》の海にあらしはきたる

漁師らの叫ぶこゑして浜の朝うちあげられし骸引きあぐ

朝の陽にぬるるをみなの黒き肌漁師は薦でふかく覆へり

泳ぎたるわれは生き得てをみな果つしけのさりたる天津海岸

沖遠く泳ぎて死なむ若き夢そを思はする天津海岸

ひとの傷み知る国になれとささやきて十字をきりぬクリスチャン君は

やるべきかやらざるべきかといふときは大方やらぬがよきと兼好

時逝く

餌撒くと戸あくれば翔ぶ群雀わが感傷はつね裏切らる

老いしいまはやりて焦るこころなく時の流れとして時計みる

内に張る力を抑へバレリーナふはり着地しそのまま舞へり

言葉にて誇示をしたがる日本人なでしこジャパン侍日本

仲間への電話はいつもぐわんばれと老いてはこれの一語につきる

起きて汗寝て汗をかくうれしかり老いては新陳代謝衰へ

ややあと言へど名忘れさりげなく会話しながら名前をさぐる

逆転劇これが人生妻を看護する身が妻に看護をさるる

身障者にぶつかりわれは倒れたり老ゆるといふはかかることかも

完治して死の危機去れば病院の治療なつかしその痛みすら

修廣寺の明るき道避け竹の道根の張る暗き風の道ゆく

暗き道歩めば足裏《あうら》にひびくもの虫・犬・けものの遠き息ぶき

たわいなき夢を昨夜《きそ》みて今日もみる老いて夢見も貧困となる

使はざる箱の印鑑・名刺などよはひとともに古りてゆきたり

晩夏

蟬の穴もぐらの盛り土庭になく晩夏の陽かげる乾きし土に

敷石の割れめ出で入る蟻の群れ雷すぎし庭の樹陰のぞけば

老いしわれ老いたる人の声を忌むあの世のくらき声にあらねど

いくたびか人と別れし曲り角老いて人なきいまもふりむく

怖いもの充ちみつおどし詐欺いぢめ　地震かみなり親父は二軍

紅葉の秋は羨しもわがうちに燃ゆるくれなゐ消えつつぞある

お笑ひで世を渡らうといふテレビ財政危機の安易なる智恵

競泳のスタートむかしは格好よし水面《みなも》を叩く一発のドン

かはいいとみればみらるる小蠅・蟻われは必死に殺虫剤まく

手帳ひらきまた確認す昨日今日相も変らぬわれであること

秋霖

朝かろくくる配膳車あさうだここは病室われは重症

朝の廊にはかに明るし医師・看護師この世の生をともなひてくる

完治して病衣を剝ぎて素裸をさらすはうれしいたく瘦すれど

秋霖は庭に寂しさ誘ひしにこの秋の雨くらく降るのみ

謡曲に「秋のながめのさみしきは」とあれど長雨《ながめ》は豪雨ともなふ

雀らも逼塞せしや秋霖は庭に撒きたる餌を流せり

啄みてとびまた降りてくる雀汝も追はるる意識もつ身か

雨あとの電線・木の葉の露ひかるなににもましていま美《は》しき窓

暴風雨の被害軽しとほつとする軽けれど被害うけし人あり

むきあへばあさお診療所の若き女医素心朴訥わが姉ごなり

まあだだよ

デイケアの老女の前を闊歩すれば「爺さんがねえ」と言ふこゑがする

さても老いの風船つきはおもしろい足で蹴る椅子よりおつこちる

まあだだよ言はれつづけてもういいと老いてはじめて言はれた気する

出口なき道の夢みるむかし夢で穴なきトイレによくしやがんだなあ

秋空に浮く雲頬を撫でる風若き日思ふなだりの散歩

寝ねて水飲めざるわれはいかにして飲むか末期の水心配す

Ⅲ（二〇一四年）

じゃんけんぽん

音楽の街川崎のわが麻生今宵麻生フィルのベートーヴェン響《な》る

負けたくも勝ちたくもない女の子じゃんけんぽんはまたあひこでしよ

せかすなく鳴るオルゴールコンコースに死のはた秋の静寂あふる

窓からは空しか見えぬ空からはなんでも見える窓のわたしも

生は静死は動ならむなにげなくひと生きこころ騒ぎて死ねり

死の危機を脱してこの方死の誘ひつづけりぴつたり縁を切らねば

この齢になりても追つかけつこする身なり生と死とのおつかけつこを

夢でわれフィギュアの選手声援にポーズとれど氷踏みしことなし

「あの爺さんねえ」席立てばだれかが言つてゐるおれはやつぱり爺さんなんだ

妻が朝家出るわれも妻のあとつけるではなく後を追ふなり

自在に俗

「あなにやし」よき語「すっぴん」「すっぽんぽん」自在で俗で美《うま》し日本語

ああ筑波言はれて死にしこと思ふ無二の友すら存否を忘る

学ぶことあるべしホームの婆さんの苦労ばなしを懸命にきく

包丁の音はかろやかわが病めばわが俎は妻のまないた

わが好きな雀は逃げて雀追ふ鵯《ひよ》は馴染めり世はままならぬ

さつき二時いまは二時半わが時計なにもしてないわれを置き去る

雀にも至福の時間あるべしとこしひかりの古米庭に撒きたり

濡れながらハチ公だつて人を待つ待ちぼうけの律儀わが思ふどち

柿生坂わが小さき坂われの坂歩度をたしかめ今日ものぼれり

家につく魑魅魍魎を追ふべきや和すべきやなあ魑魅魍魎よ

春日

礼をして土俵を去れど敗れたる力士のくやしさまぎれざるらむ

棺の顔ひとに目守らる死してなほ愛憎葛藤免れざらむ

ほとばしる蛇口の水の元気なく満員電車の吐きし人散る

群れていぢめるもの達恥ぢよ柔・角・剣日本の道は一対一なり

野のけもの生きものなべて天晴れなり死にゆく姿人にはみせぬ

春の暮れあかるくもなく暗くなく空墨色にただよふごとし

屋根と屋根の一区劃なる夕映えを遠目にすればかなしみはくる

糠の臭ひ酸ゆき香のなきいまの厨大根《おほね》のいのちも白く洗はれ

かつて人のいのち支へし夜のくりや泥つき大根堂々とせり

雀に餌やり続くれば鯉忘る庭も川もわが領域なれど

いつしかに歌人長寿のわが齢三番目となるめでたかりけり

さびさびとわびわびとした夢願ふ芭蕉の末のうたびとわれは

九十歳誇りにも恥ぢにもあらずただ現実はよろよろ歩く

小高賢

小高賢いかなる死をみて逝きたるやこの楽天家への思ひ及ばず

あき子言ふ岩田と小高はよく似てるおつちよこちよいの晴れの江戸つ子

梅美人ふたりで撮りしに小高賢《けん》は正《せい》をしのぐとわあわあ騒ぐ

耳搔きを集むる趣味の小高賢店の耳搔きとりて耳搔く

死はひとのもの削ぐ自分を他者を削ぐ小高賢の死わが意欲削ぐ

あの野郎・やつ・彼・小高・小高君変化はわれのこころの変化

われを越えむわれ越されじと歌つくるライバルは死後も永久《とは》のライバル

しもたやの灯

しもたやの灯がつらなりて隅田川川面にゆるる春ふかき江戸

かすかなれど闇に尾びれをうごかして淀にねむれる川の魚たち

覚めて眼をとぢて再び春ふかき気配すがしく身に感じをり

もつ人のなき吊革がゆれてゐるむかしの電車の初夏の風景

縋るものなければ夜の空仰ぎ老いたるわれが呼ぶお母さん

西鶴

義経を蔑《なみ》し弁慶讃へたる西鶴れつきとしたる町人

本当は弁慶美男義経は技おとれりと西鶴喝破す

弁慶の安宅の所作は忠節か未熟者かこひし友情ならむ

人の命かろんじ逸る義経は逆艪つけず退路断ちたり

ひよどり越え逆艪なべて義経にいくさのありてひとの命なし

兵の命びた一文も考へぬ義経屋島に逆艪こばむ

夏は来ぬ窓にあかるきあしたの陽わが憲法はまだ生きてゐる

やすらぎの森

つぎてゆく夜の救急車老いびとにまがふことなく玄冬は死だ

ひとの危機わが身に迫り寒き夜を寝ずに相つぐ救急車きく

歌作すらめんだうくさくなりさうな危ふしわれの老いのあけくれ

朝覚めてまだ食べられると思へども歌つくれるとは思はざりけり

ペン持ちしまま倒れしと恰好よき死にざま恋ひしこともありしか

砂埃巻きあげてくる春一番待ちかねし春は荒々ときぬ

久しぶり来しやすらぎの森の樹々まばらにてやさし春光透る

湧き水のいのちははかな十年《とせ》経て森の辺の澄みし泉ほそれり

昼はソフトボールにはしやぐ子らのこゑ夜は死者眠るやすらぎの森

月に濡るる水道局の壁くらく水に溺れし死者の霊《たま》棲む

水洩るる音して水道局の壁卯月の月に黒く濡れたり

森の辺の水道局の黒き塀往きはよいよい帰りは怖い

地獄谷・首切地蔵おどろおどろし図ひろげあさる今のこころに

首切地蔵のかたへにありし暗き穴死者投げこみし奈良の刑場

どぶ板に傾く破《や》れし家の土間狐狸・おこじよ・いたち・ひとの霊《たま》棲む

死を言はず死にたる小高念仏のやうに死を言ふわれ生き残る

ブラームスあましと一蹴する小高なにものなりや小高を虞《おそ》る

才走る小高に待つたかくれどもみなまにあはず死もまにあはず

われに生くる意味と夢とを与へたるブラームスなければ音楽はなし

真央ちやんみて元気を出すか夜のテレビ日本人われの老いの呟き

所詮学は意味なきものと老いのみのケアセンターにきてさとりたる

呆けぬわれぼけ老人と勝負して婆婆抜きに負け花札に負く

ぼけし老いとぼけのふりしてつきあへど五たす五は十これは譲れぬ

むつとして怒ることあれど対象は老いばかりなりケアセンターの昼

繁る樹にピーチク騒ぐ雀らとケアセンターの老婆似てゐる

陽だまりにほつと息つきしやがみたりなんともあはれわれは老いたり

拳ぎゅつと握るが好きで老いてわれジャンケンポンはぐうばかり出す

腕組むはうちに力を秘むること動きままならぬわれも腕組む

外股で街ゆくをみな日本のをみなはそそと内股なるべし

両手土につけて立つ力士みあたらず厳しき相撲のルールもずれる

このごろはなにを食つてもうまいので人には粗食主義者と誇る

にちにちのメモ

狂ひたる人死にし隣家をブルドーザーひねもす毀つ音とどろけり

発狂はせねどもわれの頭《づ》昏迷す明晰たりし頭いまはいづこに

スフィンクスの三本足とはこのことか杖を置くとき持つとき思ふ

夢に道迷ふことなし迷はぬはだれしもきつとゆく道の夢

よき歌をつくる夢さめうまきものつくる夢みぬことを悔やめり

トイレの神つくも神と神遍満す神よ老いたるわれをたすけよ

死を離《さか》るてだてぞうまきものを食ふをみなを思ふそな贅沢やて

一生に一度のよき歌つくるべしつくれたら死ぬこれは本気ぞ

小保方《をぼ》ちやん・真央《まを》ちやんとちやんづけし自己満足すやまとをのこは

安倍首相嫌ひなれどもテレビ見るはげしく嫌ふ元気出るゆゑ

別れとは身辺孤独でいさぎよし持ち物に別れひと皆に別る

悦に入るな集へるはボケ・病める人ケアセンターに病まぬは異常

看護する若きに空腹・疲労ありて看護をさるる老いわれ元気

久しぶり見し川の鴨よそよそし雀が待つと急ぎ帰れり

われをみてとびたつ雀くやしけれど人海戦術のごとくゐさ撒く

よきあてのあるにあらねど朝をくる宅配便にこころは弾む

庭隈の奥の葉陰にさすひかり森ふかくのぞくごとくうかがふ

行く走る進む駆け出すわれの身のとどかぬ若さむかし語りぞ

人の価値このごろわれに均等化しだれが言ふにもハイと答ふる

おさらひのつもりで妻にさよならと言へばにはかに悲しみ溢る

存在

をちこちのもの音凝りて朝覚めし耳より入りて頭にてとどまる

おぞましき兵舎の日々にうたひたる軍歌にもあはれ郷愁の湧く

あかつきを鳴く犬のこゑ目覚むるとはや意思表示するにあらずや

音がするではなく雨の日のくるま音を激しく掃いてゆくなり

存在感たしかにしめし立つたまま浮遊すぼうふら竜の落とし子

知と品位蔑して無知と暴力で国守りし過去の甦生をおそる

安倍首相の言ふこと思ひ顔思ひあしたさむればはや胸くるし

変哲もなき柿生坂夏は夏の思ひにのぼる家ちかき坂

首たてて麻生の川を遡行する鴨の警戒心いきいきとして

首のべて烏みしのち子を率てし母鴨は遡行の速度はやむる

月見草・富士・みづうみと揃へども足りぬはボートの君とわが春

青春がたむろしてゐる月見草黄にむらがれり湖畔への道

鴨

一羽二羽川を蛇行し下る鴨進攻と見ゆ退却と見ゆ

遊泳と見えし母子の鴨の群れ危機迫るとぞ居を移すらむ

片時も添ひ離れぬとはこのことか雌雄の鴨の愛はあつぱれ

両岸のさくら樹の青交叉して闇深き麻生川に鴨の羽浮く

川遠く秋をのぞけば浮く鴨のかげも空飛ぶかげもうつらず

*

寒空のベンチに寝るをあはれみて憎しみもなく帰路の人過ぐ

酔ひてベンチに寝るは幸せ鼻汁のひかる一筋地に垂るるまで

酔つぱらひベンチ占領してもこの世界しかないいまの彼には

安堵せむためか夜ふかき柿生駅人寝てゐるかとまづベンチ見る

酔つぱらひ駅に寝われは帰路たどるともに凍てたる寒空の下

Ⅳ（二〇一五年）

からすのこゑ

われ生きて鳩・雀・鳥にちかくしてとりわけ人にもつともちかし

近き樹はざわざわ遠きは轟と鳴るあらしは老木をもよみがへらする

息つまりあわてて目覚むあな危ふ老いの眠りは死と隣りあふ

月明き夜の外《と》をいそぐ靴の音ゆゑなき不安醸して消ゆる

十年日誌最初の一年のみ記すあとはあるかなきかのいのち

廃屋と思ひゐし家の窓に灯のゆらぎて暗き人影よぎる

巣のわが子思ひてからす鳴くといふからすのみかはをみなやさしき

烏のこゑ不吉といへりだみごゑのさやげばこころ勢ふものを

カーテンにゆるる樹の枝や葉にさやぐこがらめ十羽庭の饗宴

お笑ひにも共通のくせあるらしくもうもう飽きたとテレビ消したり

自嘲

もの書くと坐すれば眠しやをら立ち思ひめぐらせどなんにも出来ず

地を這ひて生くるといふに気づきたり老ゆれば自然に地を這ひて生く

もの落しいちいち拾ふ想念のむげに湧ききて朝より疲る

泳ぐ釣る多摩川の流れに親しみて老いての今は水のむばかり

久しぶり湧きし闘志ぞ百人一首ならぬ婆婆ぬき老いの集ひに

ケアセンターの老いらに時に愛憎のうごくはわれの生きゐるしるし

しばらくぶりふれあひの丘に来てみれば若きらはみつわがベンチにも

廃屋とはひと棲まぬ家すたる家ときに静かに魂《たま》ゆらぐ家

ひさしぶりのブラームス二番演奏を追へばこころのメロディーも鳴る

声あはせともに笑へどデイケアのわれの笑ひはどこか罅入る

自他ともにライバルと目せし友逝きぬあつけらかんと逝けばかなしき

喋る老い黙つてゐる老い眠る老い個性際だつケアセンターは

いのちもちて水はひびけり滝の音波の音就中春のせせらぎ

雀追ふ鵯《ひよ》忌みゐしが鵯を追ふ画眉鳥飛来し鵯をあはれむ

筑波杏明死の瞬時まで歌ひたりわれまだ生きてよき一首なし

少年時の剣道初段がなほ矜恃老いし背筋をのばして歩む

二つ以上することあればひとつ忘れ二つは次と思ひて忘る

老いは死にちかく若きは遠きもの若き死はわれの心震はす

ちんどん屋

ちんどん屋鉦うち鼓うち街頭を廻れりしがない人生廻る

並びて足あげさげ踊るラインダンス眩しかりけり少年われに

エノケンの俺幸せの唄はやりしが物なく金なく戦争もなし

祭り消えネオンも消えて東京の昭和は暗き時代に入れり

入隊時書かされし文平和論士官下士官古兵に罵《の》らる

映画館に演習やめてつれくれし少尉庇ひぬ一兵われは

逆賊と言はれたるわれ敗戦に狂気・随喜の涙ながせり

数へ唄

やすらぎの森さま変り樹は朽ちて池涸れわれの魂《たま》迷ふ夢

われの生今日は昨日の繰返し終りのみえぬ「ボレロ」のやうな

郵便車来ぬ日曜日緊急車頻繁に来る三井グランド

ゼロ地点にあれば失ふものはなし思ひつづけて老いにいたれり

なんといつてもここのホームが現実でお喋り婆さん部屋に溢れる

いちにのさん　さんいちにのしの　にのしのご　ふるき日本の数へ唄これ

ここで投げうてつつぱれとお相撲の観戦だけは一級のわれ

このごろ

積む本の向うに窓見え窓に紅きシクラメン見ゆわが四畳半

鴨の浮く冬多摩川にこころ充ち鴨翔ちし春の川うつろなり

幼日の空ひろがりて鳥の群れ夕日にあかく燃えてかへれり

起きぬけから肌に感じるあたたかさ両眼こすり庭の陽をみる

やがて死ぬ否いま死ぬとその境見定めむとて意識かきたつ

死の経験われには四度《よたび》風呂と海・病院・軍隊死も多彩なり

今日も来て多摩川の川面に顔うつす穏しかりけりつねのわが顔

橋桁にゆるる水影鴨のねむりみだして人寝る電車すぎゆく

柿生駅はわが郷新宿駅異郷小田急難なくこの境断つ

楽天家で顔にくもりのなき小高いくたび思へど死のかげはなし

貧困にあらねど電気・ガス・エアコン節約するは戦中派ゆゑ

片思ひみのらぬたとへ餌撒くと戸あくれば庭の雀みな逃ぐ

妻のさへ忘るるならひ責められても当然忘る君の生れ年

歌壇事情離れてみればより親しむかしながらの老いし歌びと

笑つてるなんでと言はれはつとする老いわれにまだ笑ひのこれり

このごろは映画を見たり歩いたり遊び優先の日程表組む

せぬこともよし

理不尽を理不尽とせぬ日本人大慈大悲の観音よゆるせ

またきたる虚無感・死の意識甘美さはにがさともなひ苦しきものを

歩いてゐてまたもよろける真直にゆくべし見るべし老いやらふべし

角度変へみれば木の葉の露ひかり生きて会ふ美《は》しきもののひとつか

雨あとの木の葉のしづくきらめけばみどり濃き庭すこしあかるむ

せかすなき柱時計のオルゴール夏のはた死の静寂溢る

戦後誓ひし恒久平和はさま変りいまなほ平和まだ大丈夫

ふらふらとこころ遊ばすなにもせぬことの尊さ老いて知りたり

昭和はわれに郷愁の音祭りの笛冬のチャルメラ夏の風鈴

近代化ひたすらすすめしよき昭和末期に戦争しでかしにけり

エノケンやロッパ・夢声で賑はひし六区の灯も消ゆいくさの前夜

あたらしきよきことはなく過去のよきことのみ思ひ老いを生くるわれ

東京駅夏の夕べのコンコース雨に濡れひとも空気も沈む

季節はづれの百人一首

文庫晶子もちてうろうろ少女の夢追ふ老女ありケアセンターに

歌のどちだれもとらない百人一首真夏真昼間老いがとりあふ

歌留多よむ声ケアセンターにひびきけり季節はづれのわれの裏声

むかしとつた杵柄と気負ふ老いの歌留多「けけけ」と言ひ「けふ九重」ととる

曾禰好忠の「ゆくへも知らぬ」恋はいのちわれもいのちをもちてさまよふ

さりげなく老女笑へり老いしわが眼には艶なりなにとなけれど

ここは平和老いらの集ふケアセンター楽園とも言ひ墓苑とも言ふ

あな不思議ケアセンターの一日は怖れも追はるる意識もなく過ぐ

老い集ふケアセンターに若き女《め》の幽霊出ると真顔なり老い

思ひきり恰好つけてタクト振るこの男ベートーヴェンわかつてゐるのか

ベートーヴェンの運命かろく演奏す地の苦人の苦あらざるごとし

朽つるなき名曲ならずも三十年塵埃車とともに鳴つてゐた曲

軽薄とうつりしわれのせはしなさ老いてにぶりぬ気力とともに

若き日の不義理のひとつにはかにも老いたるわれのこころを責むる

解決つかぬことのみわれの頭《づ》に生の芥のごとくに溜まる

近づいてくる確かに何者か確かと言っても知りたくはない

どうしても虚勢はりたくなるんだな敗戦と呼ばず終戦と呼ぶ

やあと手を握つて旧交あたたむる友なしわれは九十二歳

まだまだと呟きしがまだの意は遠くて近きまだ死なぬの意

爆弾で一発の死もいとはぬにまだ妻はありその他もろもろ

昭和かなしき

鉢巻と襷《たすき》のわれら白虎隊地に伏すれば観客の母ら涙す

わが腹と鼻をくすぐり荷台置き声あぐ玄米パンのほやほや

霜焼の足に下駄履き小旗ふり渋谷あるけり「皇太子様お生れなつた」

木枯しと不況のすさぶ東京に蓄音器鳴る宝塚《づか》のメロディ

像ならぬ犬のハチ公ひと待ちて渋谷の駅に雨にぬれてた

ぐう強く出せば勝てると思つてたをさなごころのわれのジャンケン

物置や戸棚をかくるる場となせし幼な心は老いたるいまも

怖きものいまの子になきは不幸なりむかしは夜の便所・押入れ

学生の靴音すなはち軍靴《ぐんくわ》の音ゲーテ・ショパンの音遠ざかる

蛾のむくろひきて走れる黒き蟻生くるとは死まではたらくことか

「飛翔せよ」は青春の日「地をあゆめ」は中年のころ今は「なるやうになる」

とつぷりと日は暮れとつぷりとわれも暮れ悪あがきしないこの期に及び

死は急にくるかゆつくりくるものか心わくわくするにあらねど

をみなとの華やぎ忘れ酒わすれ忘れてならぬ妻さへ危ふ

病廊

腕組めばわが意志つよく意地はりてなんでもできないことはなくなる

樹間ゆく散歩なつかし病廊は人人人に会ひてまた人

パラパラと飛びまた集ふ雀あまた暑き庭樹に迷へるごとし

業のごと身につきしもの眠りたい食べたいなべてからのがれたい

さりげなく別れきにしがおそらくはこの友とも永久《とは》の別れとならむ

貧富の差ならぬ仕事の差わが家にも馬場はせはしく岩田ひまなり

ど阿呆とかこん畜生とか品なき語日本語なればいたしかたなし

V

（二〇一六年）

默

「ほう」とつく沼空の息ふかき息はかなくさびし老いて知りたり

日がな空みてあれば雲群雲となりて束なす雨となり降る

汁さますふうふうがふはふはになりわが老い確かにすすみゐるらし

雨すらや日々情緒なく降りに降り秋の長雨《ながめ》のさびしさはなし

ゆらゆらと時間はうつるこの秋をわが魂夕べの庭をさまよふ

威勢よい時だけ威勢よくその後だんまりきめこむ学生諸君

無理もない学生の不発は面接の怖いをぢさん待つてゐるから

福島の左歩くな右パンチとんでくるぞと若かりしころ

「立松《たてまつ》和平ゐるか」「岩田《いはた》正ゐるか」福島の開口一番絶叫のこゑ

賞作家賞作家とぞ言ふめれどゆめゆめ歌の賞作家でなし

森の洞

近づいて遠ざかる音不可思議な音なりわれの生死の音か

日向から日陰を歩みくる影はいつもみなれた怪しげな影

真夜ふつと眼ざむることありしかたなく醸して消ゆる不安といふは

朝あさの目薬まつすぐさせぬままわれは終らむこころ残して

釈迦は凄い死んでゐるのか寝てるのか横臥の姿勢拝まれてゐる

母の写真鴨居にかけて眠りしがこのごろすこし怖くなりたり

天敵を懼るる雀餌撒くと戸あくれば逃ぐ逃ぐるはくやし

餌はまだ濡れつぱなしなりこの驟雨つきてとびくる雀あらぬか

餌撒くと枝移りくる寒雀かくは馴染みてくれてありがたう

老いてわれすこし利己主義きかでいいこと悉くきかぬふりする

時くればさまざまに鳴るオルゴール十年曲名いまだ知らざり

幽霊の絵をあまた見て怒りたりむかしやまとのをのこの狡さ

昭和びと天皇も好きとふケチャップライスなつかしチキンライスの富士山

冬の雲そよぐ柚子の木窓枠にくぎられてみるわれの風景

船の事故・飛行機の事故・人の事故政治の事故といふものもある

こともなくテロ撲滅を言ふ男厭な男は厭なのである

家に棲む座敷童子《わらし》は怪にしてわが留守を守《も》るこよなき仲間

森の奥に不思議な洞《ほら》あり樹々黒くひしめき迫り森をかこめり

洞ふかく魑魅魍魎とともにゐる座敷童子《わらし》よわれを離れて

魍魎の棲む洞のうちに入らざれば木や石の怪われは知らざり

森の洞出でし魍魎修廣寺の竹林わが家の背戸にひそめる

カラオケ組麻雀組とあるセンター百人一首もちてわりこむ

老い達の競ふ百人一首さてはまづ空札《からふだ》一枚わが歌を読む

百人一首節つけよめばセンターの職員・仲間遠ぞきてきく

テーブルの上にて競ふ百人一首熱中すればみな立ちあがる

取られたくない取りたいと引きよせる「をとめのすがたしばしとどめむ」

牌搔く音カラオケのこゑ歌留多読むわが声凛《りん》たり昼のセンター

こは何の修羅場か賭場か百人一首机をはさみ老い立ちあがる

取りし札積みてにんまり笑む老女読み手のわれにふかく礼《ゐや》する

病んでないことは異状かケアセンターもの忘れだけならいいわと言はる

下の句で札をとるなら上の句はいらぬよむなと朗々と老い

だまつてゐる時

考へずただ黙つてる時ありて人生意義のあるものとこそ知れ

ここ右折すれば公園冬景色遠出はやめて左折しかへる

頭が痛い再発かともおびえたり九十二歳生にこだはる

こんなにも人は無力か戦争を防げず今は独裁防げず

敷石を踏みて去りゆく友の音消えてはかなしひとりの音は

地団駄を踏むなよここはケアセンター見る聞く言ふにはほど遠くして

笑顔いつもむけくる老女こころみなうしなひ善意のみのこりたる

正月へのわれの期待はたかまれりタンゴの早慶戦あるときては

撒きし餌つぶさにあさる鳩一羽この一途さはわれにはあらず

百人一首よみつつ思ふいにしへはこころ一筋こめてうたへり

一つこととげたりといふ思ひなり眠れる夜は幸せな夜

背なちぢみ足腰弱り月並に可愛ゆき爺とわれはなりゆく

なんとやさしき

久しぶりの早慶戦なり戦ふはタンゴバンドかなんとやさしき

わが早稲田タンゴ演奏うまくなしされどもどこか日本的なり

夢にわれ浜を走れり砂に足とられてまろぶときはうつつか

眠れざる夜々のつづけば時代への危惧かはたわが神経なるか

いろどりのスーツさがれる妻の部屋老いても女の部屋ははなやぐ

一週間ためこみしゴミ・不用品重し重しと朝捨てにゆく

死まであと何年といふ臆測をたてては遊ぶうちが華だよ

われの舌胃の腑健全簡素なるサラダはいかなる贅にもまさる

ベル何度鳴れどもわれは焦らないどこのどなたぞあきらめて欲し

追ふ意識もとよりあらず追はれゐる意識もうすれ老いふかまれる

生活費ろくに稼げぬまま老いし稚拙なうたびとわれに乾杯

踏んだり蹴つたり陽に叩かれてゐる布団叩かれ損をしてゐる私

恋人をあるは老後をそれぞれに思ひつつゆくデモの一隊

デモはいまウォーキングとか悲壮感あらはなりわが若き日のデモ

時ごとに覚めて眠れりその間に歌作し飯食べ夜を迎ふる

てんてこまひ女房はしてゐる生きてゐるてんてこまひわれはしたくもできぬ

ここはどこ

ここはどこ夢に迷へり人生は夢のつづきかわが在り処《ど》どこ

映画・テレビにひとところ流行りし逃亡者その逃亡者のひとりかわれも

やつと立ちのろのろ歩き玄関にたどりつくまで三度ベル鳴る

のろい遅いまだるつこいと何申す呆けてはいないぞ九十二歳

交差点われには難所杖はやめ渡るにすでにくるま寄せくる

老残は曝したくないが死は嫌ひいまや八方塞がりの生

春の道菜畑子供のこゑのする公園どこにも危機感はない

いま思へばわが終生の追はれゐる意識を追ふに換へんとせしか

少年のわが空気銃完璧に殺意なくして雀をうてり

空気銃に凝りしむかしの少年のわれにほとほと殺意などなし

ぼーとして道を歩けりぼーとして歩けど左折心得てをり

いにしへの河童・雪女・海坊主いまのゆるキャラの如く穏か

座敷童子《わらし》・青鬼赤鬼・閻魔大王まがまがしきもの老いの友なり

河童より座敷童子《わらし》は親しけれ見しこともなきふたりなれども

わが部屋に仏壇あれば不信心のわれも亡き父母とともに寝起きす

足音

心配ごとあれば心は緊張す心配ごとはわれを生かしむ

住みしことなき家の夢またも見る堂々めぐりは夜に及びて

一対一裸一貫すがしくて相撲の人気野球にまさる

夜の道うしろの足音不気味にて離《さか》りゆく音なにかなつかし

老いが笑みうかぶるはたのし生真面目な仏頂づらこそ憎々しけれ

トイレの紙ぐるぐるとるはもつたいないもつたいないとぞ大正びとわれ

西陽空あかるし庭はかげりたりこの世はあやかし跋扈するなり

緊張しききし一夜のブラームス時もこころもわがものとなる

ケアセンター・木曜日

はてここはいづくぞわれはなになるや目覚めてまづはわが思ふこと

こけさうな杖の男がよぎりたり支へんとしてわれはよろめく

センター長の朝のあいさつ重々と今日のお昼の献立つぐる

左手《ゆんで》にて杖たにぎればむかしわが竹刀《ちくたう》とびて横面をうつ

右に寄り左にそれてまた戻るケアセンターの老いの歩行は

思ふでも考へるでもなく足とまる恍惚はきぬ数秒の間

駱駝には王子と王女月の沙漠老いとうたへば涙はにじむ

「帰ろかな」うたふ気ままな老いのこゑしはがれだみごゑ迫力がある

ちまたには戦争法案通りたりケアセンターでひとり焦れり

のうてんきまだらぼけなど老婦人十人寄ると圧力である

職員が子をつれくればしみじみと可愛いと泣く老いもありけれ

センターの窓に空見え鳥がゆくこころ遊ばす若き日のごと

マンションのベランダのシーツが雨に濡れいらだちてをりセンターのわれ

役立たずおのれを笑ひ飯くらふここセンターのお昼絶品

飯終へて顔あぐみなも終へてをりセンター妙な沈黙あふる

食べ終へて飯はまだかとつぶやけり痴呆の老いの定番せりふ

とろとろと眠りはきたる午後一時ケアセンターはいのちの眠り

馬鹿正直ひとは笑へど自《し》を守り戦中戦後たのしかりしよ

センターのボールにかはる紙風船撞きあふうちに真剣となる

七十超え八十超えいま九十二歳死神にわれ見放されたり

声いづこ

言ひたきこと言ひつくさぬにわが心すでに空つぽなるに驚く

杖つきてのろのろ歩むわが日課庭掃除はたおもての掃除

人生はゆきつ戻りつのくりかへし老ゆるは究極赤子に戻る

はにかみや遠慮はこころ弱きゆゑ雀に撒きし餌鳩にくはるる

救急車の音あしたより鳴りひびく長寿大国日本の空

ひとりまたひとりテレビを降板すひしひしわれらに迫るファシズム

高校の吹奏楽のコンクールマーチの選曲なきはうれしき

ぬけるほど明るい夏の青き空日本列島危機感いづこ

ヤナ時代ヤナ政治家を見かへしては生きてやるぞとふ闘ひもある

わがうちに軍艦マーチ突如鳴る怖き世のくるさきぶれかこれ

危機感のあふるる『秋の茱萸坂』を残して死にし闘ひもある

勘違ひするな護憲の闘ひは抒情ややさしさ守りぬくこと

地下七年樹に十四日蟬の生はかなけれどもめくるめく生

ぢりぢりと焦げつく暑さ遠ざくと樹間に小さく仰ぐ夏空

鳴きいそぎルール無視なる蟬のこゑひぐらし透る声はいづこに

ミンミンと七回は鳴くミンミン蟬四回鳴きて夏は終れり

蟬のこゑ終りて虫のこゑはなし初秋のこころわれは失ふ

炎天の道に仰向く蟬のむくろ仰向きしまま蟻にひかるる

回想

タンゴきく席に塚本と同席す声はる歌手にご機嫌ななめ

ちんちらちん極意きはめし塚本もおどけて軽くうたひしならむ

秋晴れ

なぜなぜと問ふ子を邪見に払ふ母失ふなかれなぜなぜ問答

秋晴れとかつて言ひたる碧き空いまは東京の秋晴れ不気味

子殺しの母のこころの闇いづこ闇なくむしろカランと乾く

庭石や樹の葉の暮るる雨後の庭石の版画のやうに凝りたり

ケアセンターのおしやべり老女むつちやくちや・傍若無人・唯我独尊

むかしなら気軽くやりし手仕事をいま精一杯の思ひにてやる

どこからか赤い風船ながれくる紺碧の秋染める一瞬

舐めんなよケアセンターに立ちあがり拳闘のポーズとる夢をみる

発送の日のトンカツを三十人分揚げてくる影山美智子も老いそめにけり

ふるさとにあらぬに津軽なつかしき吹雪つく瞽女津軽三味線

わが体臭失くししはわれがわれといふ存在証明失くしたること

Ⅵ（二〇一七年）

あつてもなくても

竹踏みは日に二百回竹割れずわが足ばてず十五年経ぬ

庭隈のたたきに出来し水たまり空や樹うつし俺の顔うつす

空とぶ蚊地をはしる蟻減りに減るちさきいのちより滅びはじまる

大き風ちさき風にも鳴る雨戸外にてきけばさわがし我が家

齢忘れ超然とゐしがオイ岩田お前はなんだなに様なんだ

考へればまたうまきもの思つてる年寄りなんかになりたくはない

魔女さほど嫌ひにあらずハロウィンのゾンビは嫌ひ魔女大嫌ひ

動作・所作なべてゆつくりのセンターに夕陽ははやくとどきけるかも

センターの職員が考へ出すクイズ子供騙しを素直にうける

憲法はあつてもなくても暮せるとなればそのままあればよいとも

森

このごろは点滴うくることもなし病みて時間の尊さを知る

やすらぎの森の中なる小公園樹の葉にさしこむ黄のひかり冷ゆ

魔のひそむ森の暗さに馴れてきて樹々すかしひつそり点るひとつ灯

魔はゐないこの夜の森の不気味さはただに不安を醸す不気味さ

山や森みればおそろし花や虫みれば可愛ゆしいづれもいづれ

雀

樹の雀庭に撒きたる餌狙ふ古米といへどこしひかりなり

丹念に雀に餌をまくことも能なきわれのこれも仕事か

雀らの腹みたせしか撒きし餌なくて安堵し雨戸をしめる

よき夢も悪しきも見ぬはわがくらし平穏ならむ平凡ならむ

いやしき鳥鴨は候鳥わたりきて居着きの留鳥雀らを追ふ

氷雨にもめげず飯撒く氷雨にも負けず飛びくる雀待つため

同じ足運ぶに音楽会は足速く病院ははなはだのろくして鬱

あげますと約束したる生わかめすこしづつ食べ みなになりたり

ぎりぎりと骨噛む寒さ樹々の鳴り森にひつそり灯るひとつ灯

夜は怖い森へとわれの足運ぶおのづから昼のはなやぎに惹かれ

もういいよ

禅寺の和尚とがめずゆゑあつてわが祖の墓に詣でぬことを

ギヤギヤと鳴く木葉木菟、仏法僧ありがたき名もち仏法僧と鳴く

鮮烈に水道管をほとばしる水の粒にも春はきにけり

もういいかいまあだだよとふ時過ぎてもういいよとぞ死の影迫る

意味もなく朝よりたのし夜たのしこれこそ世に言ふお馬鹿・瘋癲《ふうてん》

長寿者の話に耳を貸すなかれ半分忘れ半分は嘘

名曲にあらざる曲も塵芥車に積まれて三十年鳴り続けをり

一握の砂ならぬ米雀らに撒きをり罪をつぐなふごとく

米・パン屑豊富な餌を庭に撒きわれも雀も充ち足らふらし

現今はただせはしなく品悪くひとりもの思ふ時間もあらず

冥途への飛脚か夢に男来てわが名を呼ばふ飽くなく呼ばふ

鬼ごつこはたかくれんぼ智恵ふかきむかしむかしの子供の遊び

棒立ちになりて怖いよと叫ぶ老眼下はるかならむ自《し》が踏む土は

森の夜はなべてあやしき「はげ山の一夜」ならぬに死者ら集へり

ふくろふの声にて暮るるやすらぎの森は水・石なべて凍れり

硝子戸のうち

なにゆゑの不安ぞ理なくむらむらと心に湧けりわれの不安は

深林の歌をつくれと樹の好きな松男に言へり彼我若きころ

生くるとは負目をもちて生くること負目知らねば生くると言はず

庭の樹の葉ごしにのぞむ春の空碧かぎりなき光をふらす

郷愁にありて心にひびきくる鎮守の杜の祭り笛の音

ししむらに湧く感情のただならずいきなり庭苔にむかひ唾吐く

ひとりにてＣＤをきき本をよむ人をわけへだてなくてすごせり

珍獣パンダ珍人人魚と人言へど人こそは珍人こそは獣

わが思ふ渋谷・新宿みなむかし渋谷食堂焼きそばの匂ひ

懐しきうたみなスローテンポなりたとへば「死せる王女のためのパヴァーヌ」

なつかしと言つていいのか兵時代古兵に殴られ兵らまとまる

このごろは行けぬ行かぬこころにてはるかに恋ふなりふるさとの川

白き飯そのつぶつぶを愛でながら涙にじめる夕食のあり

竹踏みは足裏《あうら》の痛きところ踏む五臓六腑によしとして踏む

死魚あまた浜うめつくすは魚悲惨こえてこの浜もつとも悲惨

老いどちに負けるはずなく挑みたるゴルフまがひの玉入れに負く

映画ボレロみにゆくわれの足弾む杖の身三本の足は弾めり

おのれの智ひかへて生くるケアセンターしたり顔のまぬけ面われ

智を誇らず比べず穏しきケアセンター昼はひそかに歌をつくれり

気がつけば日本列島危機感なく穏かなるは逆におそろし

魔

ケアセンターここは老人ボケ集団まとももゐるぞおい舐めんなよ

歩きたくなりてセンターの外に出る　人・車ゆくここは異境か

ボケ気味の男に拳骨くらはせよハッと醒め賢ズズズット鈍

魔はひそむ夜のトイレに裏庭に時にベッドに不敵なる魔よ

ふるへつつ夜半の地震《なゐ》きてわがこころいたくかなしくふるへつつ消ゆ

われつねになにかに掟《おき》てられてゐる夜寝るときは固きベッドに

怨年の凝りし老女の長話、変化《へんげ》・あやかしわが身にちかし

あけくれ

わが生れし時間は午後2時20分時計とめおく同じ時刻に

白き腹みせて雀の舞ひ落つる庭土白し初霜の朝

カーテンにうつりて雀枝わたるカーテン引けばその影にくる

生きてゐる思ひにてきく南風死の思ひにてきく北の風

われにとりて死とはあしたのレタスの葉夕べの狭山茶失ふことか

暗黒は怖し眠りに入る前のしばしの思ひつくづく怖し

思ひ出のわが隅田川泥の川不思議としじみの臭ひする川

小禽くる庭

地を叩く束をなす雨白くけぶりやがて人・家・樹々を襲へり

カーテンの陽ざしにうつる樹々の枝にこがらめ群るる春となりたり

雲ひとつ中空わたる春まひる柔かき陽ざし庭に溢るる

鳩の横すりぬけて雀餌あさる小禽らにみる共存のさま

死んでゐる虫かゴミかとつまんとすれば跳ねたり蜘蛛生きてゐる

曇天に射竦められたる雀どち乾きし庭の苔をあされり

この夏は小禽の飢ゑきはまれり雀ら三和土《たたき》をつつきつづけり

水を尾で叩く優雅な鶺鴒も庭で雀と残飯あさる

今のセンター欠席できぬ百人一首たつたひとりの読み手のわれは

百人一首よむは苦労とこの老女禁を犯して飴玉くるる

下の句をみれば上の句すぐうかぶ世間で稀な読み手のわれは

字を追はず百人一首節つけてよむときわれはまさにうたびと

清潔感ただよふ女とみてあればちぐはぐな顔でわれを見かへす

知らぬこと考へぬことは幸せかセンターにあつけらかんの老いたち

老いらとのつきあひに疲る若きとのおのれ殺さぬつきあひぞよき

もの言はぬ静かな男ケアセンターのボスときめ朝の挨拶をする

紙鉄砲うちてあわてて肩竦めるいたづら好きのこのおばあさん

魂・精霊みちみつる墓怖ければ盆中日も墓参りせず

浄水場の建物の塀月黒くさせば湧水滾ちてながる

夜目に黒き電柱われを威嚇せり昭和の名残りはた残骸か

森ふかく運び入る荷はなにならむ夜陰にまぎるいびつなる箱

電話すれば死のまぎはなる声細く「暗い暗いの」と青井史のこゑ

滝や渓みればおそろしなにゆゑか滝や渓のさまそもそも異形

書架の位置箪笥の間どり夢にのみ見し部屋なれどたしかに住みし

眠つても眠つてもまだ眠りたいああ死とはこの眠りにあらむ

わが部屋のカーテンのすきより外を見るいつも待つてるたれかが来ると

まだ来ぬはやがて来ることもう来ぬは来ぬときまりて来ないことなり

わが知るは右門・銭形捕物帖神田界隈思ひ出といふは

子らの声わが郷愁を誘《いざな》へり小学校の横もとほれば

母の炊くごはん黙つていただけどうまきことなし少年われに

若きころの自称美人の母の写真鴨居にありしが不用と気づく

夕茜

腕につきし蚊をはたきけり梅雨ふかく数減りてゆくちさき命を

梅雨どきの家のはざまの夕茜われにとどけり瞬時なれども

はなやかさ街にふりまきオルゴール鳴らして塵埃車らが家をすぐ

朝きつと空を仰げり飛翔したきこころいまだにわれにあるらし

やあとしばし顔をさぐれり厚かりしこころの友もみんな忘れて

窓軋み畳へこみしわが家は座敷童子《わらし》も棲みづらからむ

生はむろん死をも拒めぬ老いの身の八方美人のわれ窮まれり

またきたと興がり庭をのぞく友雀の来ないマンションに住む

わが骨灰海にぞ散らせこなごなに散りてみどりの風に吹かれむ

もういいかいと言へどまあだだよの返事なくもういいかいと繰返すのみ

貴金属盗む盗賊ピンクパンダ盗めよ日本にありあまる貴金属

人よくも頭よくとも勝たざれば相撲の世界正は負となる

生重く考へすぎるなパターンと扉あけてパターンと軽くとざせり

竹踏み

老いはいい悪しきはきこえぬふりをしてよきは「なあに」ときこえるふりす

素晴しき青春と言ふ素晴しき老年とこそわれは言ふなれ

あと一歩あと一歩とぞ生きてきぬ息絶えるまであとの一歩か

ぐわんばつて転ばぬやうにと声かける老いゐて眼に涙ためゐる

つきあげてくるよな怒りもつきぬけてゆくよただちに老ゆるといふは

無表情な老いが買物籠を下げのろのろと犬猫病院に入る

竹踏みは毎回理屈つけて踏む足裏《あうら》の血流膝の骨トレ

竹踏みは百回二百三百と回を重ねる俺っていいぞ

ビール好きこの一本はやめられぬ毎晩飲んでるノンアルコール

真夜妻はものを書くらしサラサラとわれは階下でその気配きく

音楽のよきフレーズをきりとりてそのまま短歌になせるや否や

このごろはこんがらがつてくる頭これも人生と思ひあきらむ

なつかしき夕日の天津《あまつ》の浜思《も》へばこころを去りてゆく何かある

酢の香流れ血は甦るここは魚敬三崎直送網元鮨店

たくらみて人をすつてんてんにする組織カジノはむかし丁半

臆病は用心深さの別名なり右折にまどふ運転手君

花の芽を食みゐし鵯が雀らに与へし古米地に降りて食む

日本に多き「すつとこどつこい」「てなもんや」政界を占め芸能界占むる

場内をゆるがす稀勢へのコール熱喚声いつも派手な日本

むかしむかし

少年期駒澤八幡様の裏手たんち山ありて物乞ひがすむ

少年ら物乞ひたんちあはれみて池に釣りたる泥鰌を与ふ

正月は衣服あらため物乞ひたんちお礼参りに街にくだれり

トンボトンボ指でくるくるヤンマの眼まはせば酔ひてわれにつかまる

尾で水面《みなも》叩くトンボはもう来ない少年われの池は滅びて

卵生むと羽後の空ゆくアキアカネ全山緋《あけ》に染めてただよふ

井ヶ田さん心やさしももがきゐるカナブン放たず樹の葉にのする

雨うれし夏の夕べの雨うれし天は情趣をくだされしなり

払暁を庭にとびたちくる小禽鳩・鶫・雀の差羽音にて知る

今日の終りのこれが最後の収穫か小雀一羽虫喹へ翔つ

五分進み五分遅れの時計ふたつわが急《せ》くこころの調整はかる

手をつなぎ「夕焼け小焼け」のうたうたふありのままなる老いびとわれぞ

右手あげ左手あげて両手あげ万歳をする老いの体操

トイレにゆくこともひとつの運動かセンター五度目の尿をしぼれる

奇矯なる天才もあらむむにやむにやとこの呆け老人の発する警句

秋

道に七輪出して煙《けむ》あげ秋刀魚焼く豊かに貧し昭和の秋は

佐藤春夫《はるを》うたへり「さんま苦いか塩つぱいか」瘦せさんま焼けば涙はにじむ

俺のこゑやつぱり美声ケアセンター百人一首よむためにくる

姿勢よくボーツと坐つてゐる男学者と呼ばる沈黙は金

嘘らしきまことかまことらしき嘘俺帝大出と舌を出す老い

センターの入口のむかう空の下世間と言へりわれのふるさと

秋は帰路雲の茜を身に浴びてつれだち歩む去りし友らと

日の暮れ

週三度透析をするケアの老いこのごろ見ねばそのまま忘る

人生のどんでん返し稀なるをどんでんがへし夢見るわれは

思ひ出さずすべて忘れてさばさばと日々冥界をさ迷ふごとし

名を呼ばれゐるうちが華やがて名を呼ばれなくなる忘れ去られる

ばうとする気分はよろしそのばうと戦ふはわれの日課のはじめ

背なに呼ぶ不安なる妻のこゑのして魔の棲む森の奥に入りぬ

蜥蜴より井守はやさし井守より守宮はやさし絶滅危惧種

世話ほしき人あつて世話する人があるちぐはぐなれど一社会なり

雀の餌ひよが堂々と横領す飢ゑは満ちたり雀に鵯に

紫陽花の季には紫陽花賜はりて冬来れば嬉しシクラメンの君

雨来ると朝の空みて焦りたり雨降りて焦るなにもなけれど

平で浜さす

わが心奮ひたたすに理由なし奮ひたたねばわれはあやふし

足病んで冬をこもれば切実に夕陽を見たし夕陽浴びたし

息とまればわれはあらざりそのわれの焉り知りたし息なきわれを

ケアセンターの女子職員の誰れよりも背低くなりぬ老いといふもの

病んで来《こ》ぬ老いを案ずれどケアセンターおのづから「死」とふ語は禁句なり

どこか病んでる暗き不安を遠ざけてニコニコ笑ふケアセンターでは

しんけんにごはんごはんといふ老いあり五欲のひとつ醜からざり

三猿の智恵にすがるは安易なりむらむらと湧くわれへの怒り

呆としてゐるひとときはセンターの痴呆のひとりとわれも見られむ

なんとしたことクロール得手のわれ夢に流れに逆らひ平《ひら》で浜さす

あとがき

岩田正の晩年七年ほどの作品集です。柿生坂とは岩田が詠み出し、「かりん」事務所へ上ってくる人々がいつしか通称にしてしまった坂です。

岩田が八十七歳、二〇一一年の晩夏九月から、九十三歳の二〇一七年十月までの作品ということになります。亡くなったのは同年十一月三日でした。「かりん」の四十周年記念大会への出席を目指して頑張っていたのですが残念でなりません。坂井修一、米川千嘉子両氏がこの七年をⅠ～Ⅵまでに小分けにまとめ、読みやすくしてくれました。校正、校閲も受け持ってくださったので、私はその間の岩田の生活的変化を中心にかき添えたく思います。

Ⅰの二〇一一年は、夏の頃、松本に講演に行った先のホテルで転倒し、壁に頭を強く打ちつけたのが原因で、その時の脳内検査では異常はなかったのですが、何となく気分が重たく元気が出にくい様子でした。この歌集でも「熱」につづいて「墓地」などが題材とされ、岩田にとっては馴染の題材でしたが、鬱々としたものがあったのでしょう。

それからよく転ぶようになり、十二月も末になる頃は不調をきわめ、慶應病院で診ていただくことになりましたが、予約当日に行くと即刻入院、翌日の手術を宣告され、こういう場面に弱気の岩田は大打撃でした。あの夏の打撲の傷はその後五ヶ月かかってじわじわと出血しつづけ、硬膜下血腫というものになっていたのです。手術の結果は良好で、年を越すと元気になり、二〇一二年は水族館に観賞に行ったり、週末は映画を楽しむなど、この年の日常は豊かだったと思います。

ところが二〇一三年になりますとまたまたよく転ぶようになり、かなり前から夏の行事にしていた少年の日の思い出のつまった天津海岸への旅もできなくなり、回想の歌など作って慰めていたようです。岩田は本来とても不器用なひとで、私が夜に寝ながらペットボトルから水を飲むのを手品をみるように見ていましたが、こんな歌をうたっています。〈寝ねて水飲めざるわれはいかにして飲むか末期の水心配す〉。駄洒落のように、自分でもおかしがって作っていながら、「末期の水」などという不吉な言葉がよく出るようになったのもこの頃からだったと思います。

二〇一四年の二月十日、六十九歳の小高賢が急逝し、岩田はかなり衝撃を受けたようです。岩田は九十歳で、この頃から「支援二」の認定を受け、ケアセンターに週一回通うようになりました。翌年から翌々年（二〇一五〜二〇一六）にかけては、センターでは老女に囲まれ、「百人一首」の読み手を依頼され結構面白がって歌の材料にしています。また雀の餌撒きをはじめて、これは毎朝声を掛け合って必ずの日課となり、歌の材料にもなっています。このほか「タンゴ早慶戦」を聴きに行くなど積極的で、「死神に見放されたか」などと冗談も生れ、一番元気な年だったような気がします。

二〇一七年は岩田にとっての最晩年になりました。九十三歳でした。いま読みかえしてみますと、歌の意味や文脈の乱れが出はじめていますが、そのまま収録することで老の体調の真実をみて頂ければ幸いと思いました。死の不安や、自らの老いへの怒りや、幼い日の郷愁がつよくなっています。音楽を聞いている午後が多くなり、そこにある安らぎが生れているのを見守りつつ喜んでいました。

死は突然でしたが苦しみの表情はなく、美しい死顔でした。「あとがき」をかいている今から数えればあと一週間四月三十日には岩田の九十四歳の誕生日が来るはずでした。ついでながら岩田に長年つき添って扶けて下さった藤室苑子さんに御礼を申します。

この集を編むに当って最大の努力を注いで下さった坂井修一、米川千嘉子の御両人に感謝を致します。そしてごく短い時間の中で急遽一冊に仕上げて下さった角川文化振興財団の石川一郎さん、打田翼さんの御努力に御礼を申し上げるとともに、明るい装幀を御考案下さった片岡忠彦さんに御礼を申し上げます。

二〇一八年四月二十四日

馬場あき子

岩田正略年譜

大正十三年（一九二四）
四月三十日、東京世田谷駒沢に、岩田良信、まつの長男として生れる。

昭和五年（一九三〇）六歳
駒澤小学校入学。

昭和十一年（一九三六）十二歳
国士舘中学校入学。啄木、赤彦、千樫などに惹かれる。剣道、マラソン、卓球などのスポーツを得意とする。

昭和十九年（一九四四）二十歳
早稲田大学高等学院（予科）を経て、早稲田大学文学部国文科入学。

昭和二十年（一九四五）二十一歳
一月六日、徴兵。一兵卒として名古屋の自動車部隊に配属。十月十日、復員。秋、早稲田大学に戻り、窪田章一郎、服部嘉香の短歌会に入会。ブラームスやタンゴなど音楽に傾倒する。

昭和二十一年（一九四六）二十二歳
三月、「まひる野」創刊に参加。その一方で「人民短歌」（昭和二十一年二月創刊、現「新日本歌人」）の編集を手伝い、渡辺順三から多くを学ぶ。

昭和二十二年（一九四七）二十三歳
九月、早稲田大学卒業。卒業論文「窪田空穂論」（窪田章一郎主査）。東京都立工芸高校国語科教員となる。（都立赤城台高校、都立目黒高校を経て定年退職）

昭和二十五年（一九五〇）二十六歳
土岐善麿の新作能「実朝」（染井能楽堂）を「まひる野」会員で観能。馬場あき子と知り合う。

昭和二十七年（一九五二）二十八歳
十二月十四日、馬場あき子と結婚。

昭和二十九年（一九五四）三十歳
五月、結核のため休職。岡井隆に診断を仰ぎ、手術しない治療方針を取る。

昭和三十一年（一九五六）三十二歳
四月、第一歌集『靴音』（まひる野会）刊。大隈講堂にて出版記念会。
五月、「青年歌人会議」に参加。

昭和三十五年（一九六〇）三十六歳

十二月五日、岸上大作縊死。三十六年「短歌」二月号に「ある青年歌人の死をめぐって」を書く。

昭和三十六年（一九六一）三十七歳

「短歌」七月号に「抵抗的無抵抗の系譜」を発表。

昭和三十八年（一九六三）三十九歳

二月、ひばりヶ丘公団住宅に入居。

昭和四十二年（一九六七）四十三歳

四月十二日、窪田空穂逝去。

昭和四十三年（一九六八）四十四歳

『抵抗的無抵抗の系譜』（新読書社）刊。

昭和四十五年（一九七〇）四十六歳

九月十六日、父良信逝去。

昭和四十七年（一九七二）四十八歳

『釋迢空』（紀伊國屋書店）刊。

昭和四十八年（一九七三）四十九歳

三月、川崎市登戸に転居。「短歌」八月号に「土偶歌える」発表。土俗論争、民俗論等で一時代を画した。

昭和五十年（一九七五）五十一歳

三月、第一回「短歌」愛読者賞受賞。

四月、『土俗の思想』（角川書店）刊。

五月、川崎市麻生区片平に転居。

昭和五十一年（一九七六）五十二歳

十月、『窪田空穂論』（芸術生活社）刊。

昭和五十二年（一九七七）五十三歳

「まひる野」退会。

昭和五十三年（一九七八）五十四歳

五月、「かりん」創刊。

昭和五十四年（一九七九）五十五歳

四月三十日、母まつ逝去。

昭和五十六年（一九八一）五十七歳

五月、『現代短歌の世界—その魅力の解明』（国文社）刊。

昭和五十七年（一九八二）五十八歳

四月、『現代の歌人』（牧羊社）刊。

昭和五十八年（一九八三）五十九歳

四月、『歌と生—その源への問い』（雁書館）刊。

昭和五十九年（一九八四）六十歳

八月、『短歌のたのしさ』（講談社現代新書740）刊。

昭和六十年（一九八五）六十一歳

六月、前立腺肥大の手術。

昭和六十二年（一九八七）六十三歳

秋、作歌を再開し、「かりん」十二月号に「夜」七首を発表。

昭和六十三年（一九八八）六十四歳

五月、「かりん」十周年記念大会。

平成二年（一九九〇）六十六歳

四月、『歌の心・歌のいのち』（雁書館）刊。

七月、『現代歌人の世界　作家の顔・作品の力』（本阿弥書店）刊。

平成四年（一九九二）六十八歳

九月、第二歌集『郷心譜』（雁書館）刊。

平成五年（一九九三）六十九歳

七月、『郷心譜』にて第七回短歌フォーラム賞受賞。

平成七年（一九九五）七十一歳

四月、第三歌集『レクエルド（想ひ出）』（本阿弥書店）刊。

平成八年（一九九六）七十二歳

七月、足指を怪我し、半月入院。

平成九年（一九九七）七十三歳

八月、『熟年からの短歌入門』（本阿弥書店）刊。

十二月、第四歌集『いつも坂』（短歌研究社）刊。

平成十年（一九九八）七十四歳

五月、「かりん」二十周年大会。

平成十二年（二〇〇〇）七十六歳

一月、第五歌集『和韻』（短歌研究社）刊。

五月、『現代短歌　愛のうた60人』（本阿弥書店）刊。

平成十三年（二〇〇一）七十七歳

四月十五日、窪田章一郎逝去。

六月、『和韻』にて、第二十八回日本歌人クラブ賞受賞。

平成十四年（二〇〇二）七十八歳

七月、『現代短歌をよみとく』（本阿弥書店）刊。

十二月、第六歌集『視野よぎる』（ながらみ書房）刊。

平成十七年（二〇〇五）八十一歳

六月、塚本邦雄の葬儀に参ずる。

九月、「万葉九条の会」発足。

十二月、第七歌集『泡も一途』（角川書店）刊。

平成十八年（二〇〇六）八十二歳

六月、『泡も一途』にて、第四十回迢空賞受賞。

十一月、平成十八年度文化庁長官表彰。

平成十九年（二〇〇七）八十三歳

八月、自選歌集『鴨の歌へる』（短歌新聞社）刊。

十二月、人間ドックで糖尿病を再発見される。

平成二十年（二〇〇八）八十四歳

五月、「かりん」三十周年記念号。

六月、『窪田空穂の歌』（共著、角川学芸出版）刊。

七月、『塚本邦雄を考える』（本阿弥書店）刊。

平成二十一年（二〇〇九）八十五歳

十月、大岡信ことば館（静岡県三島市）開館祝賀会に参会。「万葉九条の会」にて啄木を講演する。

平成二十二年（二〇一〇）八十六歳

五月、「かりん」岩田正特集。

七月、玉城徹の葬儀に参ずる。

十月、第八歌集『背後の川』（角川書店）刊。

平成二十三年（二〇一一）八十七歳

六月、『岩田正全歌集』（砂子屋書房）刊。

七月、第九歌集『鴨鳴けり』（砂子屋書房）刊。

十二月、第三十四回現代短歌大賞受賞。慶應義塾大学病院にて硬膜下血腫の手術を受ける。

平成二十四年（二〇一二）八十八歳

三月、「岩田正米寿と現代短歌大賞受賞を祝う会」を催す。

平成二十五年（二〇一三）八十九歳

三月、デイサービスに通いはじめる。

平成二十八年（二〇一六）九十二歳

十月、万葉九条の会にて講演。

平成二十九年（二〇一七）九十三歳

十一月三日、心不全にて永眠。

十一月、「文藝春秋」十二月号、短歌七首「秋」。

「かりん」十二月号短歌七首。

十二月、「短歌」一月号、最後の作品短歌十首「平《ひら》で浜さす」。

歌集　柿生坂　かきおざか

かりん叢書第327篇

2018（平成30）年 5 月25日　初版発行
2018（平成30）年10月10日　２版発行

著　者　岩田　正
発行者　宍戸健司
発　行　公益財団法人　角川文化振興財団
〒102-0071　東京都千代田区富士見1-12-15
電話03-5215-7821
http://www.kadokawa-zaidan.or.jp/
発　売　株式会社 KADOKAWA
〒102-8177　東京都千代田区富士見2-13-3
電話0570-002-301（カスタマーサポート・ナビダイヤル）
受付時間　11時～13時 / 14時～17時（土日祝日を除く）
https://www.kadokawa.co.jp/
印刷製本　中央精版印刷株式会社